Date: 11/05/18

Los ciclos de vida de las aves

BRAY JACOBSON

TRADUCIDO POR ALBERTO JIMÉNEZ

Gareth Stevens
PUBLISHING

ENCONTEXTO

Please visit our website, www.garethstevens.com. For a free color catalog of all our high-quality books, call toll free 1-800-542-2595 or fax 1-877-542-2596.

Cataloging-in-Publication Data
Names: Jacobson, Bray.
Title: Los ciclos de vida de las aves / Bray Jacobson.
Description: New York : Gareth Stevens Publishing, 2018. | Series: Veamos los ciclos de vida | Includes index.
Identifiers: ISBN 9781538215708 (pbk.) | ISBN 9781538215258 (library bound) | ISBN 9781538215760 (6 pack)
Subjects: LCSH: Birds--Life cycles--Juvenile literature.
Classification: LCC QL676.2 J25 2018 | DDC 598.156--dc23

First Edition

Published in 2018 by
Gareth Stevens Publishing
111 East 14th Street, Suite 349
New York, NY 10003

Translator: Alberto Jiménez
Editorial Director, Spanish: Nathalie Beullens-Maoui
Designer: Samantha DeMartin
Editor, Spanish: María Cristina Brusca

Photo credits: Series art Im stocker/Shutterstock.com; cover, pp. 1, 19 Butterfly Hunter/Shutterstock.com; p. 5 Ondrej Prosicky/Shutterstock.com; p. 7 (California condor) Kim Worrell/Shutterstock.com; p. 7 (rainbow lorikeet) jurra8/Shutterstock.com; p. 7 (hawk) Volodymyr Burdiak/Shutterstock.com; p. 7 (kingfisher) songwut tanoi/Shutterstock.com; p. 9 Julia Kuznetsova/Shutterstock.com; p. 11 percom/Shutterstock.com; p. 13 sysasya photography/Shutterstock.com; p. 15 (main) Tom Reichner/Shutterstock.com; p. 15 (inset) PJ photography/Shutterstock.com; p. 17 Master1305/Shutterstock.com; p. 21 Fsgreen/Shutterstock.com; p. 23 John L. Absher/Shutterstock.com; p. 25 Eric Isselee/Shutterstock.com; p. 27 adamico/Shutterstock.com; p. 29 Stefan Christmann/BIA/Minden Pictures/Getty Images; p. 30 Kotomiti Okuma/Shutterstock.com.

Printed in the United States of America

CPSIA compliance information: Batch #CW18GS: For further information contact Gareth Stevens, New York, New York at 1-800-542-2595.

Contenido

Las palabras del glosario se muestran en **negrita** la primera vez que aparecen en el texto.

Hablemos de aves

¿Cómo sabes si un animal es un ave? Las aves son vertebrados, es decir, tienen columna vertebral y sangre caliente, por lo que su **temperatura** corporal se mantiene constante.

Pero su característica única, ¡es la existencia de plumas!

Si quieres saber más

Aunque tengan sangre caliente, las aves están **emparentadas** con los reptiles, el grupo que incluye serpientes y lagartos.

En la Tierra hay por lo menos 10,000 especies, o tipos, de aves. Aunque vivan en muchos **hábitats** y parezcan muy distintas, la mayoría experimenta las mismas etapas en su **ciclo de vida**.

Si quieres saber más

Dentro de ese ciclo de vida genérico, cada especie tiene un **comportamiento** propio que hace único su ciclo de vida.

cóndor de California

halcón

lori arcoíris

martín pescador

7

Dónde instalarse

Como todos los animales, las aves pasan mucho tiempo preparándose para la siguiente **generación**. Antes de tener crías, deben elegir un lugar para hacer su nido y una pareja.

Si quieres saber más

Las aves **migran** a fin de buscar un buen sitio para tener crías. En cuanto llegan en primavera al lugar elegido para anidar, reclaman su territorio.

inseparables

9

Una pareja está formada por dos animales que se unen para tener crías. La mayoría de los machos **atraen** a las hembras mostrándoles sus plumas de vivos colores, otros, llevándoles comida.

Si quieres saber más

Para atraer a las hembras, algunos tipos de macho, les hacen un ballet.

pavo real
macho

11

El mejor nido

Muchos tipos de aves construyen nidos. Algunas construyen sus nidos con hierbas, ramitas o barro; otras, además, usan papel y diversos materiales humanos. Las aves construyen sus nidos en los árboles, arbustos y hasta en el suelo.

Si quieres saber más

Cada clase de ave tiene su tipo de nido. Las águilas los construyen grandes, en lo alto de precipicios o montañas.

El frailecillo, el martín pescador y el avión zapador anidan en madrigueras que excavan o encuentran. En casi todas las especies, la hembra construye el nido; pero, en algunas otras, los machos ayudan.

Si quieres saber más

El pájaro carpintero anida en cavidades, es decir, agujeros que halla o excava en troncos de árboles.

madriguera

cavidad

Lista para poner

Todas las aves ponen huevos. El conjunto de huevos se llama nidada. El número de huevos de la nidada depende del tipo de ave. También de la época del año, el clima y la edad de la hembra.

Si quieres saber más

Ciertas aves **tropicales** ponen solo dos o tres huevos en cada nidada. ¡El pato joyuyo puede poner hasta 15!

huevos de faisán

Las hembras ponen los huevos de uno en uno. Algunas, sin embargo, no se sientan sobre ellos hasta ponerlos todos; otras aves **incuban** el primer huevo inmediatamente despúes de ponerlo, por lo que las crías de la misma nidada nacen en días distintos.

Si quieres saber más

Ciertos tipos de cuco, ¡ponen los huevos en nidos de otras aves! Sus hembras suelen poner, incluso, más de un huevo en más de un nido.

El extraño ciclo de vida del cuco

Los cucos adultos eligen pareja.

La hembra pone huevos en nidos de otras aves.

Las crías quedan bajo el cuidado de otra ave madre.

Los jóvenes de zonas frías siguen a sus padres cucos y migran.

19

Y estas son las crías

Después de un tiempo, las crías salen del huevo, o **eclosionan.** Muchas crías, incluyendo las de los pájaros cantores y las aves marinas, nacen ciegas, sin plumas e indefensas. Por eso necesitan que sus padres les lleven comida y las mantengan calientes, para no morir.

Si quieres saber más

Ciertas aves, entre ellas los patos, pasan largo tiempo incubando. Así, las crías salen del huevo más **desarrolladas.**

crías de petirrojo

Las crías de las aves se llaman polluelos. Sus padres les llevan comida sin parar durante un mínimo de 2 semanas y hasta un máximo de 10. Los polluelos crecen rápido, ¡algunos aumentan su peso varias veces!

Si quieres saber más

Como los polluelos son muy ruidosos, atraen depredadores al nido. Sus padres también los atraen por sus continuas idas y venidas.

petirrojo

23

¡A volar!

Antes de poder dejar el nido, el polluelo debe desarrollar sus plumas para volar, por lo que sus padres siguen alimentándolo. Después de algunas semanas, en las que aprende a volar y a buscar comida, se separa de los padres.

Si quieres saber más

La vida de los polluelos es muy dura. En casi todas las especies, la mitad muere durante el primer año de vida.

Ciclo de vida
de las aves

Las hembras y los machos se aparean.

Los machos hacen o hallan un nido.

Los jóvenes aprenden a buscar comida y dejan el nido.

Las hembras ponen huevos.

águila

Los huevos eclosionan.

Los padres alimentan a las crías.

A los polluelos les salen plumas y vuelan.

La vida de un pingüino

Aunque el ciclo de vida de los pingüinos se parece mucho al de otras aves, tiene rasgos únicos. El macho elige una hembra y le regala piedras llamativas. El pingüino gentú, el barbijo y el pingüino adelaida pasan muchos años con su pareja.

Si quieres saber más

Algunos pingüinos hacen ruido para
atraer a una pareja. Arrullan, graznan
y hasta trompetean.

En casi todas las especies, los padres comparten la incubación. Sin embargo, en el caso del pingüino emperador, ¡solo incuba el macho! La hembra pone el huevo y se marcha hasta que casi eclosiona.

Si quieres saber más

Los padres toman turnos para incubar y salir al mar a buscar comida. Las hembras del emperador pasan mucho tiempo lejos, porque tienen que caminar largas distancias para llegar al océano.

El ciclo de vida de los pingüinos emperadores

Tras poner el huevo, la hembra se va.

El macho incuba el huevo entre los pies.

El pingüino emperador elige pareja.

La hembra vuelve cuando el huevo se abre.

La cría se desarrolla y pronto se aleja de los padres.

Ambos le dan de comer.

30

Glosario

atraer: traer cerca.

ciclo de vida: fases que atraviesa un ser vivo.

comportamiento: forma de actuar de un animal.

desarrollar: crecer y cambiar.

eclosionar: abrirse el huevo y salir el polluelo.

emparentado/a: relacionado con otro.

generación: grupo de seres nacidos en una época.

hábitat: lugar donde vive un animal o una planta.

incubar: mantener calientes los huevos hasta que nazcan los polluelos.

migran: ir a otra zona para alimentarse o tener crías.

temperatura: grado de calor de un cuerpo.

tropical: relativo a las zonas cálidas de la Tierra, cercanas al ecuador.

Para más Información

Libros

Christelow, Eileen. *Robins! How They Grow Up*. Boston, MA: Clarion Books, Houghton Mifflin Harcourt, 2016.

Kenney, Karen Latchana. *Birds*. Minneapolis, MN: Jump!, Inc., 2018.

Sitios de Internet

Aves

kids.nationalgeographic.com/animals/hubs/birds/

¡Mira cuántas aves distintas encuentras en este sitio de internet!

Nota del editor a educadores y padres: nuestro personal especializado ha revisado cuidadosamente estos sitios web para asegurarse de que sean apropiados para los estudiantes. Muchos sitios web cambian con frecuencia, por lo que no podemos garantizar que contenidos que se suban posteriormente a esas páginas cumplan con nuestros estándares de calidad y valor educativo. Tengan presente que se debe supervisar cuidadosamente a los estudiantes siempre que tengan acceso al Internet.

Índice